Pour mon père
Sarah V.

Pour Sarah
Stibane

Je veille. Ne crains rien. J'attends que tu t'endormes.
Les anges sur ton front viendront poser leurs bouches.
Je ne veux pas sur toi d'un rêve ayant des formes
Farouches ;
Je veux qu'en te voyant là, ta main dans la mienne,
Le vent change son bruit d'orage en bruit de lyre.
Et que sur ton sommeil la sinistre nuit vienne
Sourire.

Victor Hugo. **Chant sur le berceau**

© 2003, *l'école des loisirs*, Paris
Loi N° 49 956 du 16 juillet 1949,
sur les publications destinées à la jeunesse :
septembre 2003.
Dépôt légal : septembre 2003

Typographie : *Architexte*, Bruxelles
Photogravure : *Media Process*, Bruxelles
Imprimé en Belgique par *Proost*

Tous les deux

*Texte de Sarah V.
illustrations de Stibane*

PASTEL
l'école des loisirs

On s'entend très bien, mon papa et moi.

On fait plein de choses amusantes tous les deux.

C'est lui qui m'a appris à rouler à vélo.

ride a bike.

En plus, mon papa, c'est un aventurier.

Un jour, on est parti camper tous les deux.

On a dormi dans la forêt...

et on n'a même pas eu peur !

Tous les jours, mon papa me conduit à l'école.

Il attend dans la cour jusqu'à ce que ça sonne.

Moi, juste avant d'aller dans les rangs, je cours lui faire

un gros bisou, parce qu'une journée sans lui, c'est long.

Depuis une semaine, il y a un nouveau dans ma classe.

Je l'aime bien, il est gentil.

À dix heures, il partage sa collation avec moi.

Il me fait tout le temps des cadeaux.

Il n'a peur de rien.

Il sait même rouler à vélo sans les mains !

Il s'appelle Simon

His name is ___

et papa dit que c'est mon amoureux.

Aujourd'hui, c'est la fête à l'école.

Je demande à papa qu'il vienne me rechercher plus tard.

Simon et moi, on va bien s'amuser !

Picture V In French
V., Sarah.
Tous les deux

1/2011

MARY JACOBS LIBRARY
64 WASHINGTON STREET
ROCKY HILL, NJ 08553